Los osos amigos

Para Oleg y Niki

Título original: Bärenfreunde
Texto e ilustración: Hildegard Müller
Traducción del alemán: Patric de San Pedro
Primera edición en castellano: octubre de 2016
© 2006 Carlsen Verlag GmbH, Hamburgo, Alemania
Derechos negociados por
Ute Körner Literary Agent SL, Barcelona
© 2016, de la presente edición, Takatuka SL, Barcelona
www.takatuka.cat
Maquetación: Volta Disseny
Impreso en Novoprint
ISBN: 978-84-16003-68-6
Depósito legal: B 16863-2016

Los osos amigos

Hildegard Müller

TakaTuka

Corbatitas, Pelopincho y Gruñón son grandes AMIGOS.

Los tres duermen
en una cama
la mar de ACOGEDORA.

Lo que más les gusta es jugar al escondite.
Le toca buscar a Gruñón. Ya sabe contar:
-1, 2, 3, 4, 5, 6, 7, 8, 9, 10. ¡Ya voy!

Les encanta comer MIEL, que sacan de las ABEJAS.

Pero un día Pelopincho

encuentra

un PATINETE.

Se pone a correr
en el PATINETE.
¡Qué GUAY!

Pelopincho se peina la cresta y se pone gafas de sol. Se mira al espejo. ¡Qué GUAY!

—¿Juegas con nosotros al escondite? —le preguntan Corbatitas y Gruñón.

—El escondite es un ROLLO —dice Pelopincho—. Prefiero ir en PATINETE.

-¿Pelopincho, nos acompañas donde las abejas? -le preguntan Corbatitas y Gruñón.

-Las abejas son un ROLLO -responde él-. Prefiero ir en PATINETE.

— Pelopincho
ya no quiere
jugar con
nosotros.

Pero de repente:

¡CLONG!

El patinete ha perdido
una rueda y,
¡CATACROC!,
se ha roto.

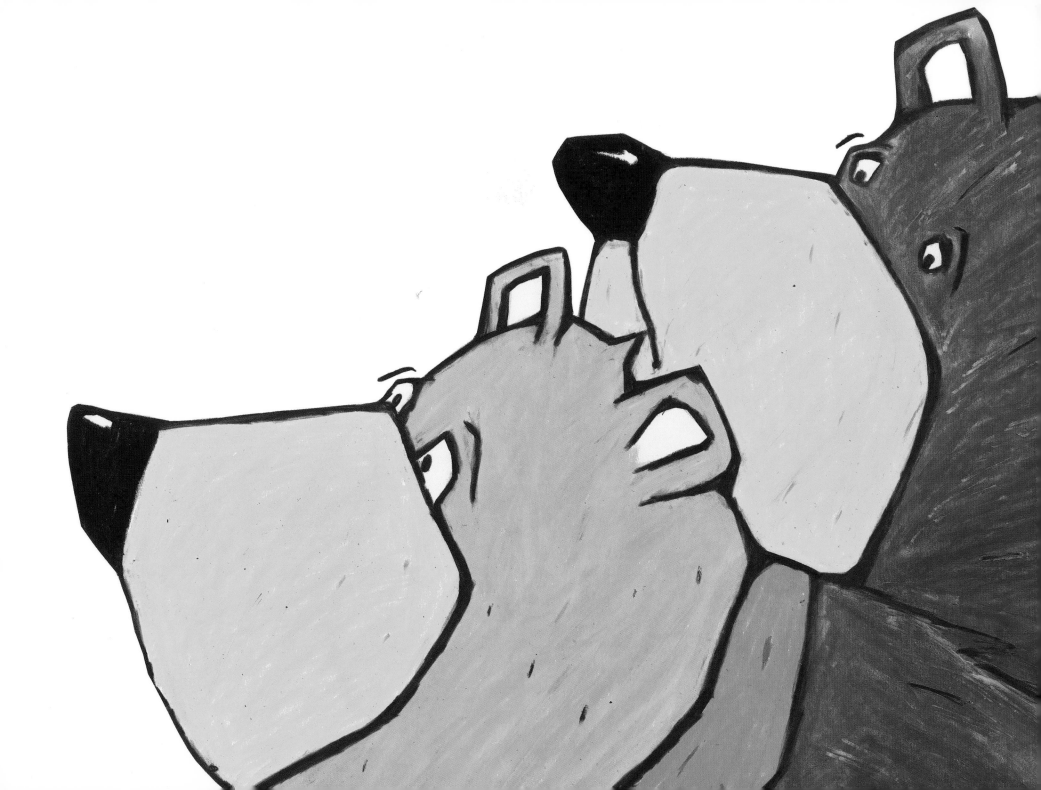